U0931256

浪花朵朵

开往未知地的巴士

[日] 井上洋子 作　[日] 楠原顺子 绘
楠采儿 译　浪花朵朵童书 编译

北京联合出版公司
Beijing United Publishing Co.,Ltd.

没有、没有、没有！

没在抽屉里！没在床底下！

没有、没有！

急得我的小心脏都差点儿跳出来帮我找。

“妈妈，看见我的点心盒子了吗？那个装着蝉蜕的点心盒子。”

“啊，那个啊，扔了。”妈妈朝房间里探了下头，满不在意地说道。

什么？扔了？哼，又乱碰我的东西……我睁大眼睛瞪着妈妈。

“怎么扔了！那里装的可是我的宝贝！”

“东西随便扔在地板上，弄得乱七八糟的，如果不收拾的话，我就扔了。妈妈是不是这样说过？”妈妈看都不看我一眼，自顾自地说着。

“哼……”

“妈妈是不是这样说过”，好讨厌这句话呀。不管怎样，错的总是我，妈妈总是一副很有理的样子，我讨厌这样的妈妈。

“坏妈妈！”

我跑出了家门。

“坏妈妈，坏妈妈，坏妈妈！”

一口气冲到十字路口后，心里还是气鼓鼓的，索性穿过了人行横道。

“我要离家出走，叫你找不到我，后悔去吧！”

前边就是干洗店，那边的道路不熟悉，就接着往那边跑吧。

“都是妈妈的错！”

面对陌生的道路

虽然有些心虚，可我还是跑啊，跑啊……

直到气喘吁吁，一屁股坐在路边。

哼！我要跑得远远的！

我随手抓了一把草，朝空中的臭妈妈扔去。

“我真是太可怜了！一定要去一个没人认识我的地方！”

抱怨着，抱怨着，鼻子一酸，眼泪终于扑簌簌地掉了下来。

“嘀嘀。”

正当我哭得伤心，一辆巴士突然在面前停了下来，巴士的额头上写着“未知地”三个大字。

“奇怪，这里也没有公交站牌啊？”

“嘀嘀。”

巴士的门打开了，就像是在邀请我上车。

“要上去吗……嗯，反正去哪儿都无所谓了，就上去好了。”

我跳了上去。

“扑哧。”

巴士的门关上了，车子再次开动。

我用衣服擦了把眼泪，突然发现周围不大对劲儿。

“这辆巴士怎么回事？”

除了我，没有第二名乘客了，连司机都没有，就这样“唰唰”地行驶着。

我惊讶得连嘴巴都合不上了。

“这辆奇怪的巴士，是要去哪里呢？”

车窗外的景色是那样的陌生。

我呆呆地看着，像是在经历一场不可思议的梦境。

巴士在一个小码头的尽头停下了。

“扑哧”一声，门打开了。我赶紧下车，小心翼翼地转到车前方。

“这里就是终点吗？‘未知地’指的是这里吗？”

似乎是听到了我的嘟囔声，巴士居然开口说道——

“离终点还远着呢。”

“哇，巴士说话了！”

“我可以说话的哦。接下来你想去哪里呢？”

不过，既然它可以随意奔跑，开口讲话也不是不可能的吧。

“我要离家出走，要去一个远远的地方。”

“我猜也是这样，看出来了。”

看来我实在是太难过了，连巴士都感觉到了。

想到这里，不由得鼻子一酸，望着天空，靠在了巴士上。

“妈妈把我的蝉蜕都给扔了。”

“她不知道收集蝉蜕是多么不容易……”

“嘟嘟嘟……”巴士也愤愤地为我鸣不平。

“是啊，在公园里收集的两个，还有在后山的小树林中捡的六个蝉蜕，就这样没了。

“原本我可以把它们粘在衣服上，让它们成为我的勋章的。可是……”

“就是，妈妈太过分了。”

巴士毫不犹豫地站在了我这边。

“对啊！”

“嗯，离开家，让她着急去吧！”

“就是！”

“我可以带你去任何地方。”

“真的吗？”

“那么……无人岛怎么样？”

“可是……”

因为怕巴士会不高兴，我小心翼翼地问道：“巴士是不是没法儿去无人岛……”

“这没问题的！我其实是……”

“潜水艇！”

巴士大喊了一声，便“扑通”一声跳入了海中。

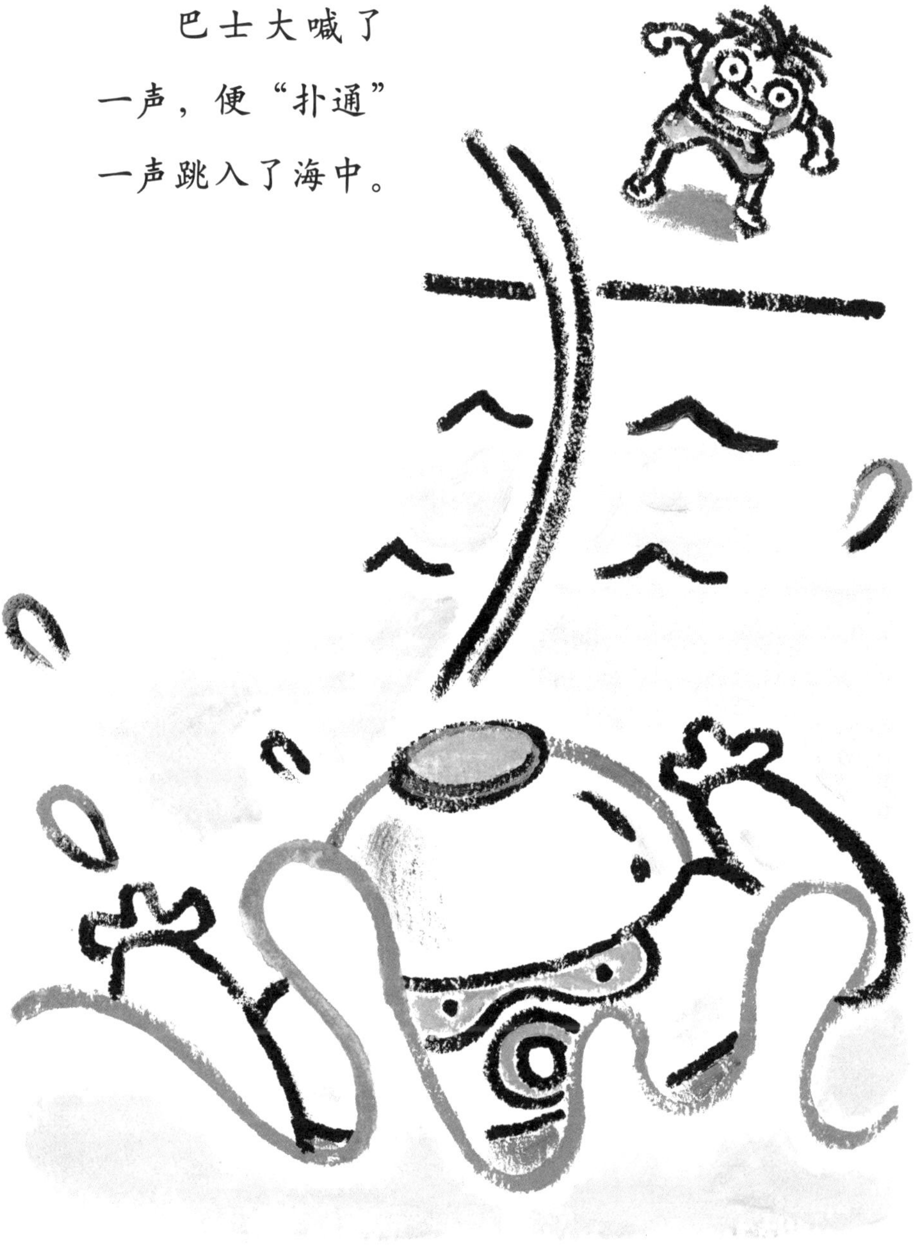

“啊？什么？”

我简直不敢相信自己的眼睛，码头那里竟然浮出了一艘小潜水艇！

只见它“咔”的一声，打开了舱门。

“快上来吧。”

“先等等……”

我试探着乘了上去，潜水艇关闭舱门，开始慢慢下潜。

“轰隆轰隆——”

“轰隆轰隆——”

“哇，好棒！”

从瞭望窗望出去，

外面就像一个大水族馆。

有乌龟优哉游哉地游泳。

还有水母自由自在地飘浮着。

我屏住呼吸，看得入了迷。

“轰隆轰隆——”

“轰隆轰隆——”

游过去一群竹荚鱼。等等，有一条小竹荚鱼被落下了，它被困在水草中了。

“啊，不好。就要赶不上大部队了。”

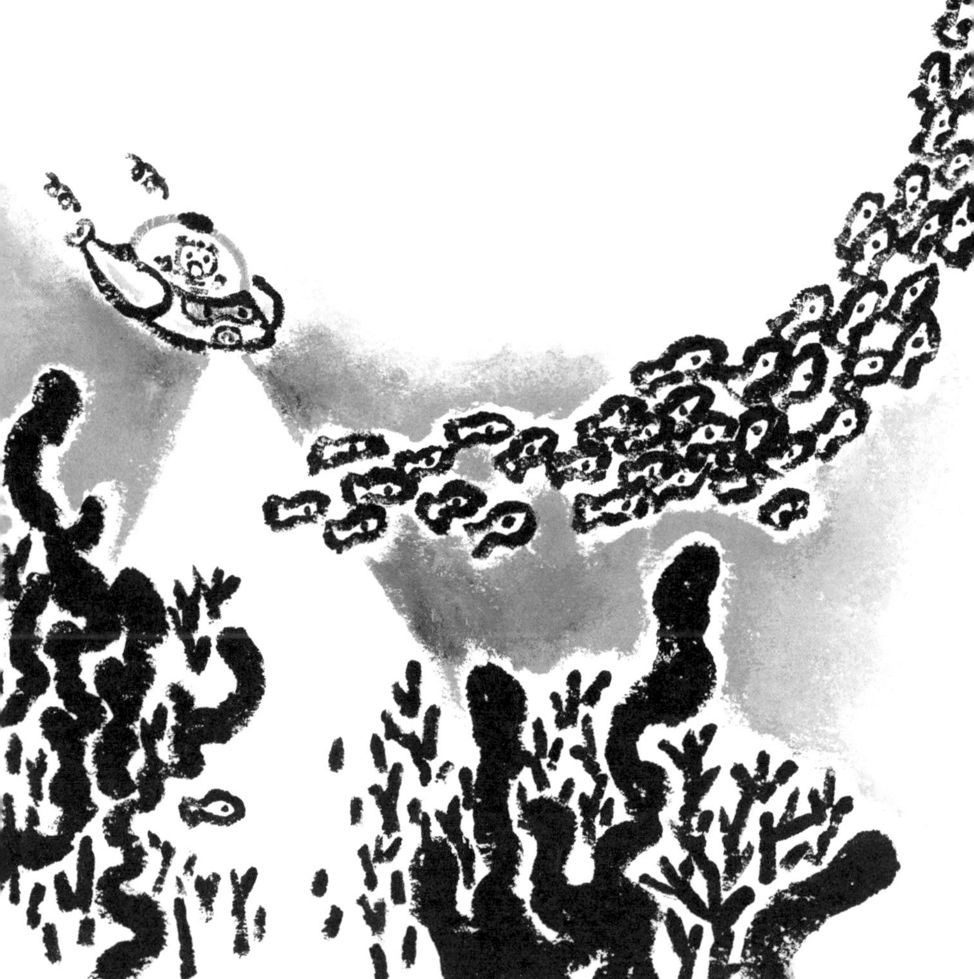

我紧张地将额头贴在了瞭望窗上。

“不过，说不定它也是个离家出走的孩子。你也要加油哦。”

想到这儿，我握起了拳头，替小竹荚鱼鼓劲儿。

“轰隆轰隆——”

“轰隆轰隆——”

不知过了多久，潜水艇开始慢慢上升。一出舱口，美丽的小岛风光展现在眼前。

“哇，无人岛！”

这不是在做梦，是真的！虽然它看起来小小的，上面都是岩石，但这一点儿也不影响它就是个小岛的事实。

“哗——哗——”

海水轻柔地拍打着岸边。

一只鸟儿“咻”地一下向海面俯冲，迅速地用嘴巴叼起一条鱼。

潜水艇惬意地在海湾漂浮着。

“尽情玩吧！”

“嗯！”

我沿着岩石，在沙滩上欢快地奔跑起来。

“终于可以自由自在了！不用再受委屈啦！万岁！”

我放开嗓子，大声欢呼着，在这儿可没人会说什么“安静点儿”。

“哇！我就是这座岛的国王啦！”

一阵海风吹来，我的欢呼声融入了周围的空气。

真是舒服啊。光着脚站在水边，感觉脚下的沙子柔柔滑滑的。

每次有小波浪调皮地来访，沙土都会跟着轻轻流动。

咦？突然有些痒痒的！

似乎是踩到了什么硬硬的东西。我抬起脚来一看，原来是个粉色的贝壳。

“哇，海里的宝贝。”

这里也有，那里也有。

双壳贝、海螺、玻璃似的贝壳碎片、小石子上漂亮的小珊瑚枝……

我开始了欢乐的寻宝。

什么裙带菜、小海星……都被我统统收入囊中。

“哈哈，这些都是我的宝贝啦。”

我将它们摆在沙滩上。

这下再也没人说“我要扔了它们”了。

随后我挥舞起小木棒，在岩石间蹦蹦跳跳起来。当国王的感觉可真棒！

我又捉了几只寄居蟹，试图将它们放进岩石上的小坑里，可它们总是很快就跑出来……

“喂，不许出来！”

它们压根儿就把我的话当耳旁风。

海葵、藤壶也是，不管我怎么用小木棒捅它们，它们都死活要抓住岩石。

“哼，算了，懒得理你们了。即使把你们捉回去，我家也没有水槽养你们。”

气急败坏的话刚出口，突然又觉得不对劲儿。

“对了，我离家出走了。现在是在无人岛上……”

想到这儿，一个很棒的点子闪现出来。

“可以立一座纪念碑，宣示一下这座岛是属于我的。”

嗯，说干就干。先堆一座大大的沙丘，再在上边装饰上海星、贝壳，在顶上插一根挑着裙带菜的木棍。

好了，就这样，简直就是杰作！

如果登到高处看看的话，会是什么样子呢？我脱掉鞋子，爬上岩石。

现在耳边不会响起“危险，不许那样做”的大惊小怪的声音了。

我使劲抓住岩石，伸长脖子，小心翼翼地向上爬。

咦？有什么东西？

原来是只小鸟宝宝。

我藏在草丛后，屏住呼吸。发现张着大嘴巴的小鸟宝宝正在摇摇晃晃地走路。

不远处的岩石凹陷处还有个鸟巢，小鸟宝宝应该就是从那里走出来的。

只见它一步、两步，一步、两步，努力地走着，适应着外面的世界。

“加油！对，就这样，一定可以的！”

我暗暗给它鼓劲儿。不过这时，小鸟宝宝停下脚步，望着天空，迷茫地歪起了小脑袋。

“继续走吧，好好练习。”

只见一只大鸟妈妈飞了回来，嘴里衔着一条鱼。小鸟宝宝迫不及待地凑过去，吃起了美味的鱼。

“原来还是要靠妈妈，向妈妈撒娇呀。”

真是没趣，还是回沙滩上去好了。

我试探着慢慢爬下岩石。在眼看就要着地的节骨眼上，岩石的一角竟然被我踩掉了，

“啊！”

我摔了下来，结结实实的一个屁股蹲儿，手掌也蹭破了。

“哎哟！”

好疼啊，谁快来看看我，给我抹点药。不过，唉……只能想想罢了，这里可是无人岛。

“没关系，妈妈他们不在也没关系。”

我将手吹干净，在伤口上涂上了些口水。

“可妈妈……她会不会正在担心我呢？”

我拖着沉重的步子，悻悻地走到海湾，往那边一看——

潜水艇这个家伙，还在那里舒服地午睡。

“呼噜噜……呼噜噜……”

“醒醒！”

“嗯——啊？”

潜水艇一个激灵，睁开了眼睛。

“醒，醒了……怎么了？”

“我想去一趟我家的后山。”

潜水艇听了，有点儿吃惊。

“什么？去那里干吗？是想家了吗？”

“没有，没有。只是想偷偷地朝家里看一眼。”

我慌忙辩解着。

“想看看妈妈四处找我的样子，那该有多痛快呀。可以吗？”

“当然可以，我可以直接带你去那里，其实我还是……”

“飞艇！”

只见潜水艇大喊一声，“唰啦”一下从海水里跳了出来，落在平坦的岩石上。

现在我已经见怪不怪了，毫不犹豫地钻进了飞艇内。

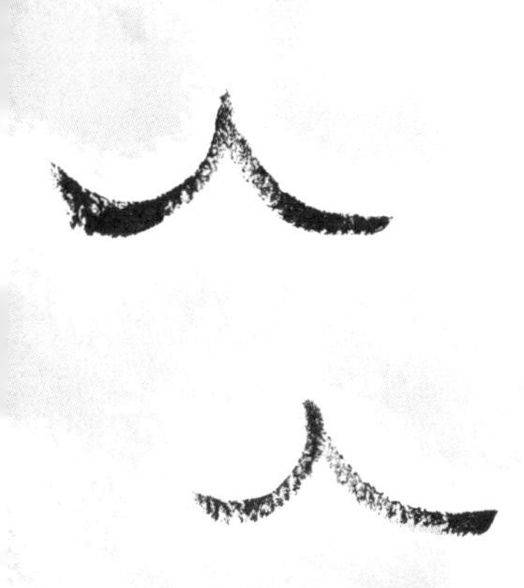

“再见啦，无人岛！”

飞艇轻飘飘地飞上天空，无人岛变得越来越小，那块“纪念碑”也成了芝麻大的一个小点儿。无边的海水闪闪发亮，连接着天际。

“再见啦，我的小岛！”

飞艇与海鸟们一起翱翔着，下面不断有船只出现在视线内，又渐渐消失在后方。

飞艇飞过了港口，飞过了街道……

终于在后山着陆了。在落日的余晖中，我走下飞艇，坐到了石阶上。

“从这里能看到我家。”我给飞艇指着不远处家的方向，“那个红色屋顶的房子就是我家。”

“哦，看起来很安静啊。”

“啊……是啊……”

妈妈现在在做什么呢？

这时，家里厨房的灯亮了。

“啊，看来妈妈在家。”

过了一会儿，咖喱饭的味道随风飘了过来。

是我最喜欢的妈妈做的咖喱饭。

每当我和妈妈闹别扭，她就会给我做咖喱饭，吃了咖喱饭，我们就和好了。

“好了，咱们走吧，去别的地方玩儿。”

飞艇嘟着嘴催促起来。

“去哪里呢？我去哪儿都行。”

“这个嘛，嗯……”

“咕咕……”

这时，我的肚子不争气地响了起来。

接下来去哪里好呢。望着家里厨房的灯光，我忍不住小声嘟囔：

“回去的路，倒是知道……”

“果然是想回家了！”

飞艇泄了气。

我赶紧打圆场：

“没有，没有。”

“那我们就彻底离家出走，只要我们在一起，没有去不了的地方。”

“咦？你也是离家出走的吗？”

飞艇激动起来。

“我被妈妈骂了，因为我把她刚做好的丸子弄翻在地上了。”

“丸子？妈妈？”

“妈妈负责做今晚节日活动大家吃的丸子，她说我添了乱……”

飞艇说着说着落下泪来，还忽然长出了小胡子。

“她以为我想偷吃丸子，说我太差劲了……”

越说越委屈的飞艇，身体竟然不断缩小，不断长出毛发。

“我就是想帮帮忙来着！这么冤枉我，我就走好了……呜呜呜……”

“啪”的一下，连尾巴都冒出来了，飞艇原来是一只小狸[①]。

“我才不要继续做妈妈的孩子了。”

注①：此处的“狸”，指的是名为“貂”的犬科动物，并非是汉语中的“狸猫”。因在日语中，“貂”这种动物的汉字表记为“狸”，所以在本书中统一译为“小狸”。

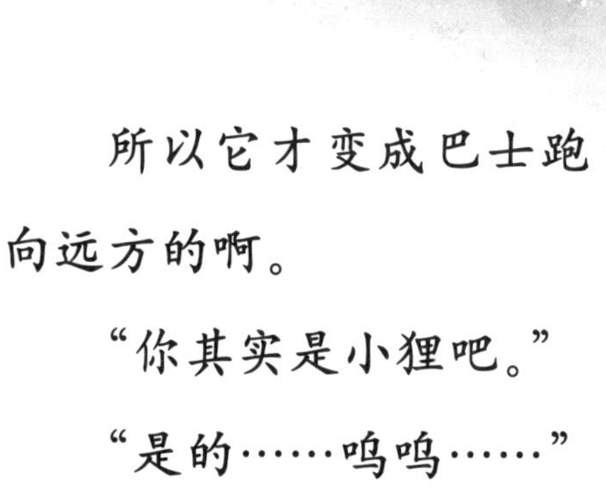

所以它才变成巴士跑向远方的啊。

“你其实是小狸吧。”

“是的……呜呜……”

小狸吸溜下鼻涕，抽泣着。

“嗯？嘘——”

好像有什么声音从远处传来。

我支起耳朵仔细地听着。

“咚锵，咚咚咚，咚锵锵，咚咚咚。

咚锵，咚咚咚，咚锵锵，咚咚咚。”

“什么声音？”

听起来像是从森林深处传来的。

小狸抬起脸来，擦了一把眼泪，眼睛也跟着渐渐闪耀起光芒。

“是敲鼓声！节日活动已经开始啦！”

“咚锵，咚咚咚，
咚锵锵，咚咚咚。

今夜佳节阿狸们欢聚，尽情吃丸子啊，尽情跳！

咚锵，咚咚咚，
咚锵锵，咚咚咚。”

糖果
丸子
章鱼小丸子

炒面

“活动进行得挺好的呀，没有受到影响。”

我也情不自禁地跟着鼓点兴奋起来。

“看来妈妈尽了最大努力，重新给大家做好了丸子。”

“嗯，嗯。”

小狸红着脸，咬着下嘴唇，想高兴地笑，却又觉得有些羞愧，不好意思起来。

只有脚不自觉地合着鼓点，打着拍子。

“妈妈做的丸子可好吃了。”

“我妈妈做的咖喱饭也是。”

我也毫不认输。

我们不自觉地相互瞅了一眼，忽然都觉得有点小别扭。

“咕噜噜……”肚子也同时叫了起来。

过了几秒钟，我们终于忍不住同时笑了出来，异口同声地说：

“那不如我们……”

“回家吧。”

“这次离家出走，玩得好开心啊。”

“是呀。”

“下次我们一起去捡蝉蜕吧。”

“一定！”

依依不舍地告别后，小狸离开了。它在走向森林的路上几次回头望向我，我也不断地挥手，直到小狸的身影消失在远方。

然后，我走下了石阶，往家的方向走去。

井上洋子・作

出生于日本神奈川县。静冈大学毕业后，开始了童话创作生涯。主要作品有《爸爸咚咚咚》（偕成社）、《最棒和最棒》《加油、呱呱一家》《噔噔咚》（久方儿童）、《请静一些》（佼正出版社）、《幽灵婆婆的心愿》（文研出版）等。

楠原顺子・绘

出生于日本大阪府。曾在插画事务所工作，现为自由画家，居住在横滨。日本儿童出版美术家联盟会员。插画作品有《十二生肖故事》《童歌对唱》（久方儿童）、《猴子桥》（铃木出版）、《猴蟹大战》（公文出版）、《西噶啦的长途旅行》《噔得啦山的泉水》（佼成出版社）等。

图书在版编目（CIP）数据

开往未知地的巴士 /（日）井上洋子作；（日）楠原顺子绘；楠采儿译；浪花朵朵童书编译.
—北京：北京联合出版公司，2017.1（2020.4重印）

ISBN 978-7-5502-9051-8

Ⅰ.①开… Ⅱ.①井… ②楠… ③楠… ④浪… Ⅲ.①儿童故事－图画故事－日本－现代 Ⅳ.①I313.85

中国版本图书馆CIP数据核字（2016）第262340号

开往未知地的巴士

作：［日］井上洋子
绘：［日］楠原顺子
译：楠采儿
编译：浪花朵朵童书
选题策划：北京浪花朵朵文化传播有限公司
出版统筹：吴兴元
责任编辑：李　伟
特约编辑：阿　敏
营销推广：ONEBOOK
装帧制造：墨白空间

北京联合出版公司出版
（北京市西城区德外大街 83 号楼 9 层　100088）
天津东辰丰彩印刷有限公司印刷　新华书店经销
字数 5 千字　889 毫米 ×1194 毫米　1/32　2.5 印张
2017 年 5 月第 1 版　2020 年 4 月第 2 次印刷
ISBN 978-7-5502-9051-8
定价：49.80 元